CW00524557

1897. Juin. 1er

VENTE DES MARDI 1er ET MERCREDI 2 JUIN 1897

HOTEL DROUOT, SALLE N° 9

ESTAMPES ANCIENNES

DES XVIe ET XVIIe SIÈCLES

ŒUVRES D'ÉTIENNE DELAUNE ET DE CALLOT

PIÈCES SUR LA MORT

LE JUGEMENT DERNIER, L'ENFER, LE DIABLE

PROVENANT DE LA

COLLECTION DE M. AUG. DUCOIN

DE LYON

PARIS

M. Maurice DELESTRE
Commissaire priseur
Rue Saint-Georges, 5

M. G. RAPILLY
Marchand d'estampes de la Bibliothèque Nationale
Quai Malaquais, 9

CATALOGUE

D'ESTAMPES

DES XVIe ET XVIIe SIÈCLES

Œuvres d'Étienne DELAUNE et de CALLOT

PETITS MAITRES ALLEMANDS

PIÈCES SUR LA MORT, LE JUGEMENT DERNIER, L'ENFER

PORTRAITS

Provenant de la Collection de M. Aug. DUCOIN,

DE LYON

DONT LA VENTE AUX ENCHÈRES PUBLIQUES AURA LIEU

HOTEL DES COMMISSAIRES-PRISEURS, RUE DROUOT, N° 9

SALLE N° 9

Les mardi 1er et mercredi 2 juin 1897

A deux heures précises.

Par le ministère de Me **MAURICE DELESTRE**, commissaire-priseur,
Rue Saint-Georges, 5

Assisté de M. **GEORGES RAPILLY**, marchand d'estampes de la Bibliothèque Nationale, quai Malaquais, 9.

PARIS, 1897

ONDITIONS DE LA VENTE

Elle sera faite au comptant.

Les acquéreurs payeront CINQ POUR CENT en sus des enchères, applicables aux frais de vente.

M. G. RAPILLY, chargé de la direction de la vente, se réserve la faculté de rassembler ou de diviser les lots.

Exposition particulière chez M. G. RAPILLY, quai Malaquais, n° 9, du 24 au 29 mai.

ORDRE DES VACATIONS

PREMIÈRE VACATION

Mardi 1er juin. . . . . Nos 1 à 204

DEUXIÈME VACATION

Mercredi 2 juin. . . . . 205 à 408

CATALOGUE

D'ESTAMPES ANCIENNES

DES XVIe, XVIIe ET XVIIIe SIÈCLES

DE LA COLLECTION DE M. AUG. DUCOIN

ALDEGREVER (Henri)

1 — La Parabole du mauvais riche (B. 44-48), 1554. Suite de cinq estampes in-8 en largeur, numérotées.

Bonnes épreuves.

2 — Titus Manlius faisant couper la tête à son propre fils, 1553 (72). In-12 en hauteur.

Belle épreuve.

3 — Le Père Sévère, 1553 (73). In-12 en hauteur.

Belle épreuve.

4 — Le Souvenir de la mort, 1529 (134). In-8 en hauteur.

Deux épreuves de la pièce originale et une épreuve de la copie en contre-partie.

5 — Le Pouvoir de la mort, 1541 (135-142). Suite de huit petites estampes en hauteur, numérotées.

Belles épreuves. On y joint trois pièces doubles.

ALTDORFER (Albert)

6 — La Vierge assise dans un paysage et soutenant de ses deux mains l'enfant Jésus, qui est debout sur les genoux de sa mère (B. 17).

BARBARY (Jac. de) dit le MAITRE AU CADUCÉE

7 — Le Triton et la Sirène (B. 24). In-4 en largeur.

Pièce rare. Belle épreuve.

BARTOLOZZI

8 — Vénus et Junon, d'après Cipriani, — Sainte-Cécile, — Les Trois Amours, — L'Amour désarmé, six pièces de forme ronde ou ovale.

BÉHAM (Barthélemy)

9 — Adam et Eve près de l'arbre de vie, qui est ici figuré par la Mort entortillée du serpent (Bartsch, 1). Petite pièce en hauteur.

10 — Trois Têtes de mort, 1529 (27). Petite pièce en largeur.

11 — Quatre Têtes de mort (28). Petite pièce en largeur.

Belle épreuve. On y joint deux épreuves de la copie en contre-partie.

12 — Les Trois Sorcières (42). Petite pièce en hauteur.

BÉHAM (Hans-Sébald)

13 — Adam et Eve, 1543 (Bartsch, 6). Petite pièce en hauteur.

Deux belles épreuves.

14 — Jésus-Christ chez Simon le Pharisien (B. 25). Petite pièce en largeur.

15 — La Mort surprenant la femme endormie, 1548 (146). Petite pièce en largeur.

16 — La Mort se saisissant d'une femme nue et debout, 1546 (150). Petite pièce en hauteur.

Très belle épreuve. On y joint une épreuve de la copie en contre-partie.

17 — La Mort et les Trois Sorcières (151), — Les Deux Impudiques et la Mort, 1529 (152). Deux petites pièces en hauteur.

18 — Marche des nouveaux mariés de village (178-185), suite de huit petites estampes en hauteur.

Belles épreuves.

19 — Le Paysan au marché, — La Paysanne au marché (186-187). Deux très petites pièces en hauteur.

BÉHAM (HANS SÉBALD)

20 — Les deux Génies, 1544 (236), — Les Armoiries au coq 1543 (256). Deux pièces, la première en largeur, l'autre en hauteur.

Très belles épreuves.

21 — La Patience, 1540. Copie en contre-partie du numéro 138, — Satyre femelle jouant de la cornemuse. Copie en contre-partie du numéro 110.

BELLA (DELLA)

22 — Plan du siège d'Arras, 1641. In-folio en largeur. Deux épreuves.

23 — Dessins de quelques conduites de troupes, canons, et attaques de villes, suite de douze petites pièces en largeur.

24 — Facétieuses inventions d'amour et de guerre pour le divertissement des beaux esprits, inventées par Stef de la Bella et gravées par Colignon. Suite de treize pièces.

25 — Le Pont Neuf, — Place Royale, — Bataille des Amalécites, etc. Sept pièces.

BERGHEM (NICOLAS)

26 — La Vache qui s'abreuve (B. 1). In-fol. en largeur.

Belle épreuve avec l'adresse de Visscher.

27 — La Vache qui pisse (B. 2). In-fol. en largeur.

Belle épreuve avant l'adresse. On y joint une épreuve ordinaire.

BLONDUS (MICHEL)

28 — Manches de couteaux. Trois pièces (N°s 2 à 4).

BOISSIEU (J. J. DE)

29 — Les Grands Charlatans, — Des Villageois se reposant au coin d'un bois. Deux pièces.

Belles épreuves.

BOLSWERT (Schelte a)

30 — Deux jeunes gens exprimant leur passion à leurs maîtresses, d'après Ch.-J. van der Laemen, — Mercure et Argus, d'après Jordaens. Deux pièces in-fol. en largeur.

BOSCH (Jérome)

31 — Quantité de figures grotesques. Deux pièces in-fol. en hauteur.

32 — La Tentation de saint Antoine, 1522. Pièce in-fol. en largeur, gravée sur bois.

33 — Pièce en forme de triptyque, gravée par J. Cock, d'après Jérome Bosch, représentant des diableries, le paradis, l'enfer. In fol. en largeur.

BOSSE (Abr.)

34 — Les Œuvres de miséricorde. Trois pièces d'une suite de sept estampes, — Donner à boire à ceux qui ont soif, — Vêtir les nus, — Visiter les prisonniers.

Belles épreuves; la dernière pièce avant toute lettre. Rare.

35 — Les Vierges folles (2 pièces), — Les Femmes à table en l'absence de leurs maris, — La Nouvelle Mariée recevant des présents, — L'Homme fourré de malice. Cinq pièces.

36 — Cérémonie observée au contrat de mariage passé à Fontainebleau entre le roi de Pologne, Vladislas IV, et Louise Marie de Gonzague, le 25 septembre 1645, — Sculpteur dans son atelier. Deux pièces in-fol. en largeur.

Belles épreuves.

BRACQUEMOND

37 — La mort de Matamore (Béraldi, 177). In-4 en largeur.

Deux belles épreuves avant la lettre; l'une sur papier de Hollande, l'autre sur Japon.

BREUGHEL (Pierre), dit LE DROLE

38 — Réjouissances et querelles de paysans pendant la kermesse. Gr. in-fol. en largeur. H. Cock, exc.

BREUGHEL (Pierre), dit LE DROLE

39 — Les Sept Péchés capitaux. Suite de sept pièces in-fol. en largeur, gravées par P. Miricenys, d'après Breughel.

Pièces rares non citées.

40 — Le Jugement dernier, — Les Vierges sages et les Vierges folles, — La Force, — La Justice, — Diableries, — Tentations de saint Antoine. Huit pièces in fol., d'après Breughel.

BROSAMER (Hans)

41 — Le Mari subjugué par sa femme (B. 18). In-12 en largeur.

BRUN (Frantz)

42 — La Sorcière (B. t. 9, p. 463). Petite pièce en hauteur.

43 — Les Deux Moines (B. 79). Petite pièce en largeur, marquée F. B.

BRUYN (N. de)?

44 — Quatre petites pièces à fond noir ; animaux et enfants, 1594.

BRY (les de)

45 — Les Noces d'Isaac et de Rebecca, frise, — La Fête de village, d'après H. S. Beham. Deux pièces en largeur.

46 — Le Triomphe de Bacchus, — La Fontaine de Jouvence, d'après Beham. Deux pièces en largeur.

Belles épreuves.

47 — Marche de soldats, le porte-enseigne au milieu, — Danse de seigneurs et de dames. Deux pièces en forme de frise.

48 — Le Triomphe de la mort, d'après Le Titien. Deux épreuves d'une pièce en forme de frise.

49 — Fonds de coupes ornés de grotesques avec sujets et portraits au milieu : Le capitaine des Follie, — Le capitaine Prudent, — Orgueille et Follie, — La Charité, quatre pièces de forme ronde.

BRY (LES DE)

50 — Manches de couteaux, garnitures d'épées, manches de poignards, agrafes. Onze petites pièces découpées.

51 — Écussons d'armoiries, emblèmes, encadrements grotesques sur fond noir. Treize pièces.

CALLOT (JACQUES)

52 — Portrait de J. Callot, gravé par Vorsterman, d'après Van Dyck. In-4.

53 — Portrait du même personnage, gravé par Michel Lasne en 1629. In-8.

On y joint une copie en contre-partie publiée dans la collection Odieuvre.

54 — Portrait de Jacques Callot, en buste dans un ovale placé au-dessus du tombeau de l'artiste. Pièce gravée par Abr. Bosse.

55 — Le passage de la mer Rouge (Meaume, n° 1). Pièce en largeur.

Belle épreuve du premier état.

56 — L'Enfant-Jésus (3). Petite pièce avec le nom de l'artiste.

57 — Le Massacre des Innocents (1re planche) (5). Très jolie pièce de forme ovale en hauteur.

Belle épreuve du premier état, avant toute lettre. Rare.

58 — Le Massacre des Innocents (2e planche) (6). Deux épreuves, l'une avant le nom de Callot, l'autre avec ce nom.

Belles épreuves.

59 — Le Portement de croix (9). Petite pièce de forme ovale en largeur.

Belle épreuve, très rare.

60 — La Passion de Notre-Seigneur (12-18). Suite de sept estampes en largeur, dite la Grande Passion

CALLOT (Jacques)

61 — La Passion de Notre-Seigneur, dite la Petite Passion (19-30). Suite de douze petites estampes.

Belles épreuves avant les numéros.

62 — Le Nouveau Testament (37-47). Suite de onze petites estampes y compris le titre gravé par Abr. Bosse.

Belles épreuves avant les inscriptions dans la marge.

63 — Les Quatre Banquets (48-51). Suite de quatre petites estampes.

Belles épreuves avant les numéros.

64 — Jésus-Christ au milieu des mesureurs de grain (52). In-4 en largeur.

65 — La Vie de l'Enfant prodigue (53-63). Suite de onze petites pièces.

Très belles épreuves avant les vers et avant l'inscription sur le titre. Très rare.

66 — La même suite. Belles épreuves avant les numéros.

On y a joint six pièces doubles de la même série.

67 — La Sainte Famille à table (65). Pièce in-4, connue sous le nom de Benedicite.

68 — La Vie de la sainte Vierge (76-89). Suite de quatorze petites estampes y compris le frontispice.

Belles épreuves avant les numéros et avec marges.

69 — La même suite également avant les numéros, mais sans marges.

Belles épreuves. On y a joint une réplique du n° 80 sans le vase de fleurs aux pieds de la Vierge (Meaume, n° 71. L'Annonciation).

70 — Différents sujets : Frontispice (90), — Judith (91), — L'Adoration des mages (92), — Les Hommages du petit saint Jean (93), — Jésus-Christ en croix entre les deux larrons (94), — La Conversion de saint Paul (97). Deux épreuves, une avant la lettre et une avec ; ensemble sept pièces in-12 en hauteur.

Belles épreuves.

*

CALLOT (Jacques)

71 — L'Assomption au Chérubin (99). Composition gravée dans un ovale au dessous duquel est un chérubin vu de face.

Petite pièce très rare.

72 — Le Triomphe de la Vierge (100). Grande composition allégorique en hauteur.

73 — Saint Jean dans l'île de Pathmos (102). In-4.

Pièce rare.

74 — Saint Paul (103). In-4 en hauteur.

75 — Le Sauveur, — La Sainte Vierge, — Les Douze Apôtres et saint Paul, l'apôtre des nations, en pied (104-119). Suite de seize estampes in-4, y compris le titre.

Belles épreuves avant les numéros.

76 — Le Martyre des Apôtres (120-135). Suite de seize petites estampes, y compris le titre.

Epreuves avec les numéros et avec marges.

77 — Le Martyre de saint Sébastien (137). In-foi. en largeur.

78 — La Tentation de saint Antoine (138). In-fol. en largeur.

Epreuve tirée sur la planche en mauvais état.

79 — La Tentation de saint Antoine (139). In-fol. en largeur.

Bonne épreuve.

80 — Saint Nicolas ou saint Séverin (140).

Belle épreuve avant l'adresse de Silvestre.

81 — Le Miracle de saint Mansuy, évêque de Toul (141). In-fol. en largeur.

Bonne épreuve.

82 — L'Arbre de saint François (145). In-4 en largeur.

83 — Les Pénitents et Pénitentes (147-152). Suite de six petites estampes, y compris le titre gravé par Abr. Brosse.

84 — Les Martyrs du Japon (155). In-4 en hauteur.

Belle épreuve avant l'adresse de Silvestre.

CALLOT (JACQUES)

85 — Les Péchés capitaux (157-163). Suite de sept petites estampes.

Bonnes épreuves avant les numéros, sauf la première pièce (l'Orgueil), qui est une copie.

86 — La même suite.

Belles épreuves avant les numéros.

87 — Le Titre aux Astrologues (203). Pièce rare in-4.

Cette épreuve porte au verso la signature de Mariette, 1667.

88 — Portrait de Donato dell Antella, sénateur florentin (430). In-4.

Très jolie pièce dite *le Sénateur*. Très rare.

89 — Titre du poème intitulé : *Fiesole distrutta*, par Peri d'Archidosso. *Florence*, 1621. In-4 (434).

Très jolie pièce, sans le nom de Callot, connue sous le nom de la *Belle Jardinière* (Meaume).

90 — Portrait de Jean-Dominique Peri, poète italien, in-4 hauteur.

Jolie pièce connue sous le nom du *Jardinier ;* elle ne porte pas le nom de Callot, quoiqu'elle soit de son meilleur temps (Meaume).

91 — Combat à la barrière (planches surnuméraires), — Entrées de Mgr Henry de Lorraine, marquis de Moy ; épreuve de deuxième état, la planche coupée en six morceaux carrés, — Entrée de MM. de Couvonge et de Chalabre (491).

Pièces rares : nous possédons deux épreuves de la seconde.

92 — Le Combat à la barrière, 1627 (492-501). Suite de dix estampes.

Très belles épreuves.

93 — La même suite composée de cinq pièces au lieu de dix. (N° 492, 495, 496, 499, 500.)

94 — Claude Deruet, peintre du duc de Lorraine, en pied, auprès de son fils (505).

Très belle épreuve du premier état, avant que le mot *Fecit* ait été complété.

CALLOT (Jacques)

95 — Combat de Veillame, près de Turin, livré le 10 juillet 1630 (509). Très grande pièce en largeur.

96 — Débarquement de troupes (533). Pièce en largeur dans un cartouche.

Belle épreuve du premier état avec l'adresse de Silvestre.

97 — Les Petites Misères de la guerre (557-563). Suite de sept petites pièces, y compris le titre gravé par Abr. Bosse.

Belles épreuves avec marges.

98 — Les Grandes Misères de la guerre (564-581). Suite de dix-huit pièces, y compris le titre.

Très belles épreuves avant les vers et avant les numéros. Sans marges. Très rare.

99 — La même suite. Épreuves du deuxième état avant que l'adresse d'Israël ait été effacée.

Très belles épreuves avec de grandes marges.

100 — Les Exercices militaires (582-594). Suite de treize petites pièces, titre compris, représentant des soldats dans différentes attitudes.

Belles épreuves avant les numéros.

101 — Deux combats ou rencontres de cavalerie (595-596). Deux petites pièces en largeur.

Avant les numéros.

102 — Catafalque de l'empereur Mathias (597). In-fol.

Belle épreuve avant l'adresse de Silvestre.

103 — L'Éventail (617). In-fol. en largeur.

Cette pièce représente une joute sur l'Arno, donnée à Florence, le 25 juillet 1619. On y a joint la copie publiée chez Bonnart.

104 — La Carrière, ou la Rue Neuve de Nancy (621). Grande pièce en largeur.

Belle épreuve avant l'adresse de Silvestre.

105 — Parterre du palais de Nancy (622). Belle pièce en largeur.

Très belle épreuve du premier état, avant l'adresse de Silvestre.

CALLOT (Jacques)

106 — La Petite Foire, ou la Foire de Gondreville (623). Très jolie pièce.

Très belle épreuve du deuxième état, avant l'adresse de Silvestre et avant la retouche.

107 — La Grande Foire de Florence (2e planche) (625). Très grande pièce en largeur.

Belle épreuve avant l'adresse de Silvestre.

108 — Les Deux Pantalons (626). Pièce en largeur.

Bonne épreuve.

109 — Les Trois Pantalons (627-629). Suite de trois pièces représentant trois personnages de la Comédie italienne.

110 — Le Capitan ou Amoureux (628), — Le Zani ou Scapin (629). Deux pièces en hauteur.

111 — Les Intermèdes. Suite de trois pièces, dont une en hauteur et deux en largeur, représentant trois intermèdes joués à Florence sur le théâtre du Palais-Ducal pendant le carnaval de 1616 (630-632).

Pièces rares.

112 — Balli ou Cucurucu (641-664). Suite de vingt-quatre pièces, titre compris, dont chacune représente deux bouffons de la Comédie italienne dans des postures grotesques.

Belles épreuves avant les numéros.

113 — La même suite également du premier état, incomplète du n° 656. Vingt-trois pièces.

On y a joint quinze pièces doubles.

114 — Balli di Sfessania. Suite complète de vingt-quatre pièces numérotées.

115 — Les Supplices (665). Très jolie pièce en largeur.

Belle épreuve avec marge, avant l'adresse de Silvestre.

116 — La même estampe.

Belle épreuve du même état, mais sans marge.

CALLOT (Jacques)

117 — Le Brelan, ou l'Enfant prodigue trompé par une troupe de filous (666). Pièce ovale en largeur représentant une scène de jeu à la lumière.

Belle épreuve.

118 — Les Bohémiens (667-670). Suite de quatre estampes en largeur.

Belles épreuves du deuxième état, avant l'adresse de Silvestre.

119 — La Dévideuse et la Fileuse (671), — Deux dames de condition, debout (672). Deux pièces en largeur.

120 — La Noblesse (673-684). Suite de douze pièces représentant les costumes de la noblesse lorraine vers 1625.

Belles épreuves avant l'adresse de Silvestre.

121 — Les Gueux ou Mendiants (685-709). Suite de vingt-cinq pièces en hauteur, représentant des gueux ou mendiants d'Italie dans des attitudes diverses.

Belles épreuves avant les numéros.

122 — La Petite Treille (710). Pièce en largeur.

123 — La Chasse (711). Grande pièce en largeur.

Belle épreuve avant l'adresse de Silvestre.

124 — La Petite Vue de Paris, ou le Marché d'esclaves (712). Pièce en largeur.

Très belle épreuve du premier état, non terminée, et avant toute lettre.

125 — La même estampe, épreuve terminée.

Belle épreuve du deuxième état, avant que le nom d'Israël ait été effacé.

126 — Les Deux Grandes Vues de Paris (713-714). Deux pièces.

127 — Le Moulin à eau (717). Pièce en largeur.

128 — La Pandore (729). In-4 en largeur.

Belle épreuve du deuxième état.

129 — Figures variées (730-746). Suite de dix-sept pièces, titre compris, représentant des personnages de différentes nations.

Épreuves avec les numéros. On y a joint treize épreuves dépareillées du premier et du quatrième état.

CALLOT (Jacques)

130 — Les Bossus ou Gobbi (747-767). Suite de vingt et une pièces, y compris le titre.

Belles épreuves du premier état, avant les numéros.

131 — La même suite. Trente et une pièces doubles, épreuves du premier état.

132 — Les Bossus. Suite de vingt pièces du deuxième état avec les numéros.

133 — Les Caprices (768-867). Suite de cinquante petites pièces, y compris le titre et la dédicace.

Belles épreuves de la première suite exécutée à Florence vers 1617.

134 — Les Caprices. Vingt-huit pièces détachées de la suite gravée à Nancy.

135 — Les Fantaisies (868-881). Suite de quatorze petites pièces, titre compris.

Belles épreuves avant les numéros.

136 — Paysages dessinés à Florence par Callot. Cinq pièces gravées par Collignon (1188, 1189, 1192, 1195, 1197).

CARRACHE (Augustin)

137 — Persée descendant de l'Olympe pour combattre le dragon (B. 122). In-fol. en largeur.

CHODOWIECKI

138 — Vignettes pour l'illustration de livres ou d'almanachs. Deux cent vingt petites pièces. Elles sont pour la plupart montées sur des feuilles de papier vélin.

CLAESSEN

139 — Le Soldat succombant sous la mort (B. IX, p. 135). Petite pièce en hauteur marquée du monogr. A. C.

COYPEL (d'après)

140 — Madame de Mouchy avec un masque, gravé à la manière noire par Purcell. In-fol.

COYPEL (d'après)

141 — Les Aventures de Don Quichotte. Suite de dix-neuf estampes in-fol. en largeur, gravées par Surugue, Lépicié, Joullain, Tardieu, Cochin, etc., d'après les peintures de Coypel.

142 — Les Aventures de Don Quichotte, 1746. Suite complète de : un fleuron, une vignette et trente et une figures par Coypel, Boucher, Cochin, Picart et Trémolières, gravées par Schley, Fokke, Picart et Tanjé.

Belles épreuves à toutes marges.

CRANACH (Lucas)

143 — Saint Jérôme exerçant la pénitence dans le désert, 1509 (B. 63). In-fol. en hauteur.

Pièce gravée sur bois.

144 — Saint Antoine transporté en l'air par les démons, qui empruntent différentes formes monstrueuses pour le tourmenter (B. 56), 1506. Pièce in-fol. en hauteur gravée sur bois.

DAUMIER

145 — Histoire ancienne. Suite de cinquante pièces lithographiées, tirage du Charivari.

On y joint le portrait charge de Daumier, et quinze pièces gravées sur bois d'après Grandville et publiées dans le « Magasin pittoresque ».

DELAUNE (Étienne)

146 — Sujets de l'Ancien Testament. Suite de douze estampes dans des formes ovales (R. D. 3-14) dont nous ne possédons que 9 (les n°s 7, 8 et 4 manquent).

Belles épreuves sans marges.

147 — L'Histoire du prophète Jonas (15-18). Suite complète de quatre petites pièces en largeur.

Belles épreuves. On y a joint une épreuve double de la première pièce : « Jonas se jette dans la mer ».

DELAUNE (Étienne)

148 — Les Filles de Loth enivrant leur père (19). Petite pièce en largeur, d'après Lucas Penni.

Deux épreuves : l'une du premier état, l'autre du second.

149 — Histoire de la Genèse (24-59). Suite de trente-six estampes en largeur.

Très belles épreuves de premier tirage, en bon état de conservation.

150 — La même suite, incomplète de quatre pièces (nos 36, 39, 44, 57).

Les numéros 24 à 32 et 35 sont des copies. On y joint vingt pièces doubles de la même suite.

151 — Suzanne surprise au bain par les vieillards (60). Pièce in-4 en largeur.

Belle épreuve.

152 — Moïse montrant au peuple le serpent d'airain (61). Pièce in-fol. en largeur, d'après un vitrail de Jean Cousin.

153 — La Conversion de saint Paul, d'après Jean Cousin (63). Pièce in-fol. en largeur.

Belle épreuve.

154 — Lucrèce, d'après Lucas Penni (64). Petite pièce en hauteur.

Belle épreuve.

155 — Une allocution, d'après un bas-relief antique. Petite pièce en largeur.

Belle épreuve.

156 — Sujets mythologiques ornés de paysages (67-84). Suite complète de dix-huit petites estampes dans des ovales en hauteur.

Belles épreuves.

157 — La même suite, incomplète du n° 75. Dix-sept petites pièces.

On y joint onze pièces doubles de la même suite.

DELAUNE (Étienne)

158 — Narcisse, d'après maître Rous (85), 1569. Petite pièce en hauteur.

Belle épreuve.

159 — Mars et Vénus (96). Pièce in-4 en hauteur.

Belle épreuve avec marge.

160 — Apollon sur le Parnasse, d'après Nicolo dell' Abbate (100). Petite pièce en largeur.

Belle épreuve.

161 — Le Fleuve Nil, d'après le Primatice (101). Petite pièce en largeur.

Pièce supérieurement gravée d'après un plafond du palais de Fontainebleau.

162 — Vénus, les Grâces et l'Amour pleurant la mort d'Adonis, d'après Luca Penni (102). Petite pièce en largeur.

163 — Divers sujets mythologiques (107-118). Suite de douze estampes dans des formes ovales, bordées de deux filets parallèles entre lesquels sont les inscriptions.

Très belles épreuves avec marges, sauf pour le n° 118, qui est coupé au ras de la bordure. On y joint 3 pièces doubles nos 107, 109 et 112.

164 — Plusieurs divinités de l'antiquité païenne, 1578 (126-132). Suite de sept petites pièces en largeur, y compris le titre.

La première pièce offre deux figures dans des niches, et chacune des six autres en contient trois pareillement dans des niches.

165 — Histoire d'Apollon et de Diane (133-138). Suite complète de six estampes in-8 en largeur.

Très belles épreuves du premier état.

166 — Trois pièces de la même suite (134, 135 et 137).

167 — Sujets emblématiques à la gloire de Henri II, roi de France, représentés dans des formes rondes en manière de médaillons. Quatre petites pièces (140, 144, 145, 147) d'une suite de neuf estampes.

Belles épreuves, dont trois sont avec marges.

DELAUNE (Étienne)

168 — Les Vertus : la Foi, la Charité, la Prudence et la Tempérance (157 B. E. F.). Quatre pièces en hauteur, de forme ovale.

Pièces rares; la première est non citée par Robert-Dumesnil et Duplessis. Elles sont sans marges.

169 — La Divinité, la Justice, la Science, la Magnificence et la Magnanimité représentées d'une manière allégorique sous des figures de femmes, et qui en portent les symboles (158, 159, 164, 165, 166). Cinq petites pièces en hauteur, de forme ovale.

Belles épreuves. Le n° 165 est double.

170 — Les Principales Sciences représentées par des femmes environnées de leurs attributs, debout dans des paysages (167-176). Suite de dix estampes en hauteur, de forme ovale.

171 — L'Abondance, la Guerre, la Famine (182 à 184). Trois petites pièces (d'une suite de quatre) de forme ovale en largeur.

Belles épreuves.

172 — La Paix, l'Abondance, la Guerre, la Famine (181-184). Suite de quatre pièces.

Belles épreuves avec marges.

173 — Emblèmes moraux. Suite de vingt pièces in-8 en largeur, dont nous ne possédons que quinze (207 à 223, moins 218 et 222).

174 — Les Douze Mois de l'année (225-236). Suite de douze estampes in-4 en largeur ayant des bordures chargées d'ornements qui ont rapport au sujet.

Belles épreuves avant les numéros.

175 — Sujets variés. Suite de douze estampes, dont nous ne possédons que six : deux dans des ronds (238-240) ; quatre dans des ovales en largeur (241, 243, 244, 248).

DELAUNE (Étienne)

176 — Diverses actions pastorales et champêtres. Deux petites pièces en hauteur dans des formes ovales (au lieu de sept) (258-260).

177 — Les Quatre Petits Combats (262-265). Suite de quatre petites pièces en largeur à fond noir.

Belles épreuves du premier état, avec marges.

178 — Combat d'enfants (265). Petite pièce sur fond noir.

Belle épreuve.

179 — La Chasse à l'ours, au sanglier, au loup, aux oiseaux et au cerf (275-279). Suite de cinq estampes en forme de frises à fond blanc.

Très belles épreuves du premier état, avant l'adresse et avant le numéro. Collection Robert Dumesnil.

180 — Combats et triomphes. Suite de douze estampes en forme de frises à fond noir, dont nous ne possédons que neuf (281 à 290, moins 289).

Belles épreuves avant les numéros et avant l'adresse.

181 — Combats et Triomphes. Trois frises à fond noir (282, 284, 290).

Très belles épreuves du premier état.

182 — Didon à table à côté d'Enée, d'après Raphaël (298), — David coupant la tête du géant Goliath, d'après Raphaël (302), — Chasse aux lions, d'après l'antique (304). Trois pièces in-8 en largeur.

On y a joint : « Diane et Actéon » (139), pièce ovale en largeur.

183 — Copies d'estampes de différents graveurs (300-307). Suite de huit estampes chiffrées de 1 à 8 : Trajan entre la ville de Rome et la Victoire, — Alexandre faisant serrer les œuvres d'Homère dans la cassette de Darius, — David coupant la tête du géant Goliath, — Le combat des Centaures et des Lapithes aux noces de Pyrithous, — Chasse aux lions, — Trajan combattant les Daces, — Les Amours de Léda et de Jupiter.

Très belles épreuves d'une suite rare à trouver complète.

DELAUNE (Étienne)

184 — L'Enlèvement d'Hélène, d'après Raphaël (308). In-4 en largeur.

Très belle épreuve du premier état. On y joint une épreuve du deuxième état avec le monogramme de Jean de Gourmont.

185 — Ecrans ou Miroirs à main, 1561 (314-315). Deux estampes ; le cartouche ovale formant la partie supérieure de ces deux pièces contient des sujets représentant : l'un, Médée rajeunissant Æson ; l'autre, la mort de Julie, fille de Titus.

Belles épreuves d'estampes rares ; la première est intacte, mais la partie inférieure de la seconde, formant la poignée, a été coupée.

186 — Grotesques à fond blanc. La Rhétorique, la Dialectique, la Physique, la Jurisprudence, l'Astronomie, la Théologie (340-345). Suite complète de six petites pièces en hauteur.

Belles épreuves.

187 — Grotesques à fond noir. Morceaux dans des ronds (353-358). Suite de six petites pièces.

Belles épreuves avec marges, sauf pour le n° 355 ; le titre manque

188 — Compositions enrichies des divinités de la Fable (359-364). Suite complète de six petites pièces à fond noir, de forme ovale, sauf une qui est de forme ronde.

Belles épreuves.

189 — Compositions ornées de divinités de la Fable ou de sujets variés (371-376). Suite complète de six petites pièces de forme ovale, à fond noir.

Belles épreuves, les trois dernières avec marges.

190 — Sujets variés ornant des compositions en forme de croix de Lorraine (390-396). Suite de sept petites pièces, y compris le titre, dont nous n'avons que cinq (les nos 392 et 395 manquent).

Belles épreuves avec marges.

191 — Autres sujets variés. Trois petites pièces, d'une suite de sept estampes (397, 400, 401).

DELAUNE (ÉTIENNE)

192 — Quelques-unes des Sciences figurées par des femmes debout au centre des compositions (404-409). Suite complète de six pièces à fond noir en hauteur.

Belles épreuves.

193 — Différentes divinités du paganisme debout au centre des compositions (416-421). Suite complète de six pièces en hauteur à fond noir.

Très belles épreuves.

194 — Différents sujets de l'Ancien Testament (428-433). Suite complète de six pièces à fond noir en largeur.

Très belles épreuves. On y joint un cartouche, rempli d'ornements à fond noir, pouvant servir de titre (443).

195 — Dessin à la plume attribué à Etienne Delaune, contenant quatre croquis sur la même feuille, trois études de femmes assises et un guerrier vêtu à l'antique.

DIVERS

196 — Deux dessins persans, à la gouache, rehaussés d'or, l'un représentant un personnage assis sur un trône, l'autre une jeune fille debout.

197 — Gravures sur bois tirées d'un ouvrage du seizième siècle. Quatre-vingt-une pièces.

198 — Le Nouveau Jeu des cris de Paris, dédié aux amateurs. Pièce gr. in-fol., contenant quarante-quatre petits sujets représentant les cris de Paris au dix-huitième siècle. *A Paris, chez Crépy.*

199 — Le Nouveau Jeu du costume et des coiffures des dames. Dédié au beau sexe. *A Paris, chez Crépy.* Pièce grand in-fol., contenant soixante-trois petites estampes très curieuses comme modes du dix-huitième siècle. Aux angles, quatre sujets représentant les quatre heures du jour.

DIVERS

200 — Nouvelle combinaison du Jeu du Juif. Pièce gr. in-fol. gravée sur cuivre, contenant douze charmants petits sujets représentant les différents jeux du dix-huitième siècle.

201 — La Femme Hydropique, gravé par Claessens d'après Gérard Dow. Gr. in-fol. en hauteur.

202 — Avenir, — Souvenirs, — Seuls. Trois lithographies de Célestin Nanteuil. In-fol. en hauteur.

203 — Paysages éclairés par la lune, effets de nuit, vingt-huit pièces.

204 — Sous ce numéro, il sera vendu par lots environ mille estampes anciennes et modernes, paysages, scènes de mœurs, ornements, etc.

DORVILLIER

205 — Jeune Fille lisant. Charmante petite pièce d'après de Favanne, in-8.

DREVET

206 — Dom Denys de Sainte Marthe, supérieur général de la congrégation de Saint-Maur. In-fol.

Très belle épreuve avec marges.

207 — Adrienne Le Couvreur, d'après Coypel. In-fol.

DURER (Albert)

208 — La Grande Fortune (B. 77). In-fol. en hauteur.

Bonne épreuve.

209 — Le Seigneur et la dame (B. 94).

Très belle épreuve.

210 — Les Armoiries à la tête de mort (B. 101). In-4.

Belle épreuve.

211 — Le Mort et le soldat, 1510 (B. 132). Pièce in-8 gravée sur bois.

DURER (d'après Albert)

212 — Le Christ en croix (B. 23). Petite pièce de forme ronde désignée communément sous le nom de pommeau d'épée de l'empereur Maximilien.

213 — Jésus-Christ expirant sur la croix (B. 24).— La Sainte Face, 1513 (B. 25). Deux copies en contre-partie.

214 — Saint Georges à cheval, 1508 (B. 54)

Copie dans le sens de l'original.

215 — La Mélancolie (B. 74). Copie dans le sens de l'original, gravée par Wierix.

Belle épreuve.

216 — La Vierge, tenant l'enfant Jésus, assise dans un riche paysage où l'on voit sur le devant toutes sortes d'animaux; dans le lointain, l'Annonciation aux bergers. Belle pièce in fol. gravée par Sadeler.

DUSART (Corn.)

217 — Le Violoniste assis. Intérieur de cabaret (B. 15). In-fol. en hauteur.

Belle épreuve.

DUVET (Jean)

218 — La licorne purifie une source avec sa corne (J. de la Boullaye 59). — In-folio en largeur.

219 — Les Visions de l'apocalypse de saint Jean. Trois pièces d'une suite de vingt-quatre estampes cintrées en haut,— La Chute de Babylone, — Jésus-Christ monté sur un cheval blanc,— L'Ange dans le soleil appelant les oiseaux de proie (J. de L. B., 44 à 46).

Belles épreuves, dont deux avec marges.

FALCK (Jér.)

220 — Réunion de soldats et de femmes dans un cabaret. In-fol. en largeur.

FALK (JÉR.)

221 — La Vieille Courtisane à la toilette, d'après Jan Lys. In-fol. en hauteur.

Belle épreuve.

FICQUET (ÉTIENNE)

222 — Charles Eisen, peintre (F. 51), — Cicéron (32), — Fénelon (58), — F. de la Mothe Le Vayer (84). Quatre portraits in-8 et in-12.

223 — Jean de La Fontaine (61). Deux épreuves. — Autre portrait du même personnage (62). Trois portraits in-8.

Belles épreuves.

224 — Françoise d'Aubigné, marquise de Maintenon (93), d'après Mignard.

Belle épreuve à grandes marges.

225 — J. B. Poquelin de Molière, d'après Coypel (101). In-8.

Belle épreuve.

226 — Michel de Montaigne, d'après Dumonstier (102). Deux épreuves.

227 — Samuel Pufendorff (120), — J.-B. Rousseau (131), — Swift (141). Trois portraits in-8.

228 — J.-J. Rousseau (132), — Voltaire (162). Deux portraits in-8.

229 — Charles XII, roi de Suède, — Charles-Frédéric III, roi de Prusse, — Duchesse de Fontanges, — P. Mignard, — Arnaud d'Ossat, — l'abbé Prévost. Six portraits, collection Odieuvre.

FRAGONARD (d'après)

230 — Le Verrou, gravé par Blot. In-fol. en largeur.

GAUCHER

231 — Portrait de Ch.-Ét. Gaucher. In-12.

Belle épreuve du premier état avant le quatrain.

GAUCHER

232 — Diderot, de profil, d'après Greuze. In-8.

Belle épreuve du premier état, avec la tablette blanche, grandes marges. On y joint une épreuve avec la lettre.

233 — La Rochefoucauld, d'après Petitot. In-12.

Belle épreuve avant la lettre, tablette blanche.

234 — Poètes français : Baïf, Ph. Desportes, J. Passerat. Trois portraits in-12.

Belles épreuves avec marges.

235 — René, roi de Sicile. In-12.

Belle épreuve avant la lettre.

GHEYN (J. DE)

236 — L'Empire de Neptune, haut-relief de forme ronde. Gr. in-4.

GHISI (GEORGES)

237 — La Victoire représentée par une femme ailée tenant un globe (B. 31). — Les plafonds en hauteur, peints par le Primatice (B. 36-39), suite de quatre estampes. — Les plafonds ovales, peints en largeur par le Primatice (B. 48-51), suite de quatre estampes; ensemble neuf pièces.

GILLOT (d'après)

238 — La Naissance, l'éducation, le mariage, les obsèques d'un satyre. Quatre pièces in-fol. en largeur.

Belles épreuves avant toute lettre, avec le titre et les vers écrits à l'encre.

239 — La Passion des richesses, — La Passion de l'amour, — La Passion de la guerre, — La Passion du jeu. Quatre pièces in-fol. en largeur, les deux premières avec marges.

On y joint une jolie petite pièce représentant un buffet monté dans un paysage.

240 — Fêtes de Bacchus, de Diane, du dieu Pan et de Faune. Quatre pièces in-fol. en largeur, gravées par P. de Rochefort.— L'Enfance, l'Adolescence, la Virilité, la Vieillesse. Quatre pièces en hauteur; ensemble huit pièces.

GOLTZIUS (Henri)

241 — Guillaume de Nassau, prince d'Orange, dit le Taciturne, et Charlotte de Bourbon-Montpensier, sa femme (B. 178-179). Deux pièces in-fol.

Belles épreuves. On y joint une épreuve du second portrait dont la bordure est coupée.

GOUDT (Henri, comte de)

242 — L'Ange accompagnant le jeune Tobie, 1608,— Le Jeune Tobie traînant le poisson qu'il vient de tirer de l'eau par ordre de l'ange, 1613 (deux états); ensemble trois pièces d'après Adam Elsheimer.

243 — La Fuite en Égypte. In-fol. en largeur. — La Décollation de saint Jean-Baptiste, petite pièce de forme ovale. Ensemble deux pièces d'après Adam Elsheimer.

244 — Jupiter et Mercure chez Philémon et Baucis. In-fol. en largeur (deux épreuves). — Cérès changeant Stellion en lézard. In-fol. en hauteur. — L'Aurore. In-4 en largeur. Ensemble cinq pièces d'après Elsheimer.

GRANDVILLE

245 — Voyage pour l'éternité, suite de neuf lithographies coloriées, plus la couverture.

GRATELOUP (J.-B. de)

246 — Melchior de Polignac, cardinal (F. 8). In-12.

Superbe épreuve avant la dédicace d'un portait fort rare.

247 — J.-B. Rousseau, d'après Aved (9). In-12.

Superbe épreuve tirée sur papier de Chine.

GRATELOUP (J.-P.-S. de)

248 — John Dryden (1). In-18 dans un ovale.

Belle épreuve sur chine.

249 — La Jeune Espagnole (2). In-12 dans un ovale.

Belle épreuve avec marges.

GRATELOUP (J.-B.-S. de)

250 — Louis XV (5). In-18. Petite pièce de forme ronde.

Belle épreuve.

251 — Napoléon (6). Tête dans un très petit ovale.

Belle épreuve avec marges.

GRAVURES EN COULEURS

252 — La Tentation de saint Antoine. Deux petites pièces de forme ronde sur la même planche, gravées en couleur.

Belles épreuves.

253 — Paul et Virginie. Sept pièces de forme ronde, gravées en couleurs par Guyot, d'après Dutailly.

254 — Vue d'un Jardin anglais près Versailles, — Vue de la Chapelle de l'Ermitage. Deux pièces de forme ronde, gravées en couleur par Guyot.

GREUZE (d'après)

255 — La Cruche cassée, gravé par Massard en 1773. In-fol. en hauteur.

Belle épreuve.

HAMON (d'après)

256 — Ma sœur n'y est pas, gravé par Levasseur, — Ce n'est pas moi, lith. par Sirouy. Deux pièces gr. in-fol. en largeur.

HOLLAR (W.)

257 — Vue de la Tour de l'église cathédrale d'Anvers, 1649. In-fol. en hauteur.

258 — Adam Elsheimer, d'après J. Meyssens. In-4. — Jeune Femme couronnée de feuilles de chêne, d'après Martin Schoen. In-8. Deux pièces.

HOPFER (Daniel)

259 — Le Jugement dernier (B. 15). — In-fol. en largeur.

HOPPER (Daniel)

260 — La Mort et le Démon surprenant une femme mondaine qui se regarde dans un miroir (B. 52). Deux épreuves. — Un Homme embrassant une femme (B. 70). — Trois Vieilles femmes maltraitant le démon (B. 71). Ensemble quatre pièces.

261 — Portrait de Conrad von der Rose, bouffon de l'empereur Maximilien Ier (B. 87). In-fol.

HURET

262 — Les Cinq Sens, représentés par des femmes en costume Louis XIII. Cinq pièces in-fol. gravées par Ragot.

KILIAN (Lucas)

263 — Christian IV, roi de Danemark. In-4.

Belle épreuve.

KRUG (Louis)

264 — Les Deux Femmes nues (B. 11). In-8 en hauteur.

Belle épreuve.

LAGNIET (Jac.)

265 — Recueil des plus illustres proverbes, divisé en trois livres : le premier contient les proverbes moraux (57 pl. au lieu de 60) ; le second, les proverbes joyeux et plaisants (65 pl. au lieu de 76) ; le troisième représente la vie des gueux en proverbes (30 pl.). On y joint la vie de Tiel Wlespiegle (34 pl. au lieu de 36) et douze pièces non chiffrées (1657-1663). Ensemble 198 pl. in-4.

Curieux recueil rare à trouver aussi complet.

266 — Recueil des plus illustres proverbes, — La vie de Tiel Wlespiegle. Collection de cent quarante pièces in-4.

267 — Recueil des plus illustres proverbes. Trois livres, collection de quatre-vingt-treize pièces in-4.

On y joint une série de plus de cent pièces doubles de cette collection.

LASTMANN (Pierre)

268 — Judas et Thamar (de Cl. 81). In-fol. en hauteur.

LAUNAY (Nicolas de)

269 — Le comte de Tressan, — J.-B. Rousseau, — Le Tasse, — Sapho. Quatre portraits in-8 et in-12.

Belles épreuves; le portrait de Rousseau est à l'eau-forte pure.

LE MIRE (Noel)

270 — Pétrarque, — Laure. Deux portraits ovales de très petite dimension.

Belles épreuves du premier état à toutes marges.

LEU (Th. de)

271 — Brisson (Barnabé), président au parlement de Paris (327). In-4.

Belle épreuve.

272 — Henri de Bourbon, prince de Condé (342), âgé de neuf ans (1597). In-4.

273 — Henri IV, roi de France et de Navarre. Deux portraits différents.

274 — Thyard (Pontus de), poète, évêque de Châlon-sur-Saône, 1557. In-4 (496).

Belle épreuve avec la signature de Mariette.

LIVENS (Jean)

275 — Portrait de Jean Livens, gravé par Vosterman, d'après Van Dyck, — Daniel Heinsius, professeur d'histoire et de politique à Leyde (de Cl. 57), — Jacques Gouter, musicien anglais (58). Trois portraits in-fol.

Belles épreuves. Le portrait de D. Heinsius est en double état.

276 — La Résurrection de Lazare (de Cl. 3). In-fol, — Anachorète (7). In-8, deux pièces.

LUCAS DE LEYDE

277 — La Tentation de saint Antoine, 1509 (B. 117). In-4.

LUCAS DE LEYDE (d'après)

278 — La Famille surprise par la Mort, 1523. In-8 en largeur.

Cité par Bartsch comme pièce douteuse. Deux épreuves.

279 — Saint Christophe, — Sainte Madeleine debout sur des nuages, — Le Chirurgien. Trois pièces, copies en contre-partie.

MAITRE AU MONOGR. A. C.

280 — La Danse de la mort, 1562 (B. t. 9. p. 482). Suite de sept estampes, dont nous ne possédons que six pièces.

Belles épreuves.

MAITRE H. F. 1572

281 — Allégorie. Composition de forme ronde, entourée d'une bordure d'arabesques, dans laquelle on voit un vieillard nu assis sur une tête de mort, les mains jointes, et portant sur la tête un sablier (Passavent, t. IV, p. 108). In-8 en hauteur.

Belle épreuve d'une pièce rare.

MAITRE H. L.

282 — L'Amour debout sur une boule (B., t. VIII, p. 37). Petite pièce en hauteur.

L'épreuve est doublée.

MAITRE AU MONOGR. C. G.

283 — Les Planètes, suite de sept petites estampes en hauteur (Bartsch, t. IX, p. 16).

Belles épreuves.

MAITRE AU MONOGR. I. B.

284 — Pièce emblématique, quatre figures de femmes dans un médaillon suspendu à une colonne, 1529 (B. 30). Curieuse pièce in-8 en hauteur.

Belle épreuve. On y joint une copie en contre-partie par un anonyme.

MARCENAY DE GHUY (Ant. de)

285 — Tobie recouvrant la vue, 1755. In-fol. en hauteur, d'après Rembrandt.

Belle épreuve.

286 — Le Vieillard à la Toque, — La Dame à la Plume. Deux pièces in-8 en hauteur, d'après Rembrandt.

Très belles épreuves avec, au bas de chacune, un petit paysage.

287 — Portrait de Rembrandt, 1755 (2 épreuves), — Le Vieillard à la Toque (2 épreuves). Ensemble quatre pièces in-8.

288 — Douze petits paysages et deux têtes de vieillards, ensemble quatorze pièces.

MATHAM (Jacques)

289 — Les Sept Péchés capitaux, représentés par des femmes debout dans des niches, d'après Goltzius, suite de sept pièces in-fol.

MATSYS (Corneille)

290 — Mars et Vénus, 1549 (B. 50). In-8 en largeur.

MECKEN (Israel van)

291 — Le Seigneur et la Dame (B. 184). In-4 en hauteur.

Belle épreuve. Copie de l'estampe de Dürer.

MITELLI

292 — Les Vingt-quatre Heures du bonheur humain, 1675, suite complète de vingt-six pièces, plus le titre et la dédicace.

293 — Sujets allégoriques et satiriques, soixante pièces dont : La Danse des morts de la comédie. Pièce rare en trois morceaux.

— Ornements, cartouches, etc. Soixante pièces.

MORIN

295 — Anne d'Autriche, reine régente de France (R. D. 40). In-fol.

Belle épreuve.

296 — Antoine Vitré, imprimeur (R. D. 88). In-fol.

Belle épreuve.

NANTEUIL

297 — Christine, reine de Suède (R. D. 67). In-fol.

NORBLIN (J.-P.)

298 — Portrait de Norblin, 1778. In-4.

299 — L'Adoration des bergers, — La Sainte Famille, — Dibutade ou l'invention du dessin. Trois pièces.

Très belles épreuves.

300 — Les Adieux, — Le Dessinateur, — Le Marchand de mort aux rats, — La Basse-cour, — Le Roi de Pologne. Six petites pièces.

Très belles épreuves.

OSTADE (ADR. VAN)

301 — Le Goûter (Faucheux, 50). In-fol. en largeur.

Belle épreuve.

PASSE (LES VAN DE)

302 — Les Ages de l'homme. Suite de six pièces in-4, plus un frontispice.

303 — Emblèmes, sujets mythologiques, scènes de mœurs, Seize pièces.

304 — Marguerite de Valois, première épouse de Henri IV. In-4.

PATER ET DUMONT

305 — Le Roman comique de Scarron, peint par Pater et Dumont et gravé par MM. Surugue, Lépicié, Audran, Jeaurat, Scotin. Suite de seize estampes in-fol. en largeur.

PENCZ (Georges)

306 — Thomiris, reine des Scythes, plongeant la tête de Cyrus dans une outre pleine de sang, — Médée remettant entre les mains de Jason ses dieux pénates pour gage de sa foi (B. 70-71). Deux pièces in-8 en hauteur.

307 — Titus Manlius faisant trancher la tête à son propre fils (76). In-8 en hauteur.

308 — Deux sujets d'un conte d'Albert d'Eyb (87-88). Deux petites pièces en largeur.

Belles épreuves.

309 — Les Six Triomphes décrits par Pétrarque (B. 117-122). Suite de six estampes in-4 en largeur.

Très belles épreuves.

PLATTE-MONTAGNE (Nicolas de)

310 — François Ier, roi de France (R. D. 23), d'après Janet. In-fol.

Belle épreuve.

PORTRAITS

311 — Portraits des collections Moncornet et Odieuvre. Vingt pièces.

312 — Portraits gravés par Ficquet et autres pour la Vie des peintres flamands, de Decamps. Quatre-vingt-quinze pièces montées sur papier de Hollande.

313 — Portraits de personnages célèbres : François Ier, Henri III, Henri IV, Cromwell, Calvin, Coligny, Jean Huss, etc. Trente pièces.

314 — Portraits de personnages célèbres anciens et modernes : Henri IV, Louis XIII, Mazarin, Cromwell, Jean Lutma, Claude Gillot, etc. Vingt-six pièces.

315 — Portraits de femmes célèbres. Cinquante-cinq pièces anciennes et modernes. Portraits d'Anne de Boleyn, par Hollar, d'Elisabeth d'Angleterre, etc.

PORTRAITS

316 — Portraits de femmes célèbres. Quinze pièces anciennes et modernes. Mlle Pelissier, Charlotte Desmares, Mme de Sabran, etc.

317 — Madame la marquise de Pompadour. Gravé à la manière noire par Watson, d'après Boucher. In-4.

318 — Madame la marquise de Pompadour. Cinq portraits différents gravés par Cathelin, Le Beau, Flameng, etc. On y joint huit pièces gravées par Mme de Pompadour.

319 — Madame la comtesse du Barry. Six portraits différents gravés par Gaucher, Le Beau, Bonnet, Bertonnier, etc.

320 — Acteurs et actrices. Vingt pièces.

321 — Portraits de personnages de l'époque de la Révolution. Quarante-quatre pièces.

322 — Portraits de Marat. Neuf pièces en couleurs, en bistre ou en noir.

PRUD'HON (d'après)

323 — Le Zéphyr, gravé par Laugier, 1820, — Une famille malheureuse, gravé par Toussaint Caron. Deux pièces en hauteur.

324 — La Vengeance de Cérès, gravé par Copia, — La Raison parle et le Plaisir entraîne, — La Vertu aux prises avec le Vice. Deux pièces gravées par Roger. Ensemble trois pièces.

325 — La Leçon de botanique, — Adresse de la veuve Merlen, — Minerve alimentant les arts et les sciences. Trois petites pièces.

RAPHAEL

326 — Les Heures du jour et de la nuit. Suite de douze pièces in-fol., à fond noir.

REMBRANDT

327 — Portrait de Rembrandt à l'aigrette (B. 23). In-4.

Belle épreuve du troisième état (planche ovale).

REMBRANDT

328 — Jésus-Christ prêchant, ou la Petite Tombe (B. 67). Pièce en largeur.

Belle épreuve.

329 — La Grande Résurrection de Lazare (B. 73). In-fol.

Épreuve de l'avant-dernier état, avant que la planche ait été entièrement retouchée.

330 — La Mort de la Vierge (B. 99). In-fol., en hauteur.

Belle épreuve.

331 — La Jeunesse surprise par la Mort, 1639 (B. 109). In-12 en hauteur.

332 — Médée, ou le Mariage de Jason et de Créuse, 1648 (B. 112). In-fol. en hauteur.

Bonne épreuve du quatrième état avant que la marge du bas contenant les vers et le nom de Rembrandt ait été enlevée.

333 — Les Musiciens ambulants (B. 119). In-4 en hauteur.

Très belle épreuve du premier état avant certains travaux. On y join une épreuve du deuxième état.

334 — Le Dessinateur (B. 130). Petite pièce en hauteur.

335 — Juif à grand bonnet (B. 132), 1639. Petite pièce en hauteur.

Belle épreuve.

336 — Polonais portant sabre et bâton (B. 141). Petite pièce en hauteur.

337 — L'Homme qui pisse (B. 190), — La Femme qui pisse (B. 191). Deux petites pièces.

338 — Jean Asselyn, peintre célèbre (B. 277). In-4.

Belle épreuve.

339 — Vieillard à grande barbe (B. 290). In-4.

REMBRANDT (attribué à)

340 — Dessin à trois personnages, à la plume. In-4.

REMBRANDT (d'après)

341 — Portrait de Rembrandt au chapeau rond et au manteau brodé, 1634. In-4.

Très belle épreuve.

342 — Le Moine dans le blé. Petite pièce en largeur.

Copie très bien exécutée; une ligne droite fortement prononcée cerne la planche par le bas.

343 — Le Grand Coppenol. In-fol. en hauteur.

344 — L'Etoile des rois, — Le Dessinateur d'après le modèle, — Tête de femme. Trois pièces.

345 — La Leçon d'anatomie, d'après le tableau de Rembrandt, 1632, gravé par J. de Frey, 1798. In-fol. en largeur.

346 — Les Syndics de la halle aux draps l'an 1661, d'après Rembrandt, gravé par J. de Frey, 1799. In-fol. en largeur.

Belle épreuve avec marge.

347 — Bourgeoisie armée d'Amsterdam, 1642 (la Ronde de nuit). Pièce gr. in-fol. en largeur, gravée par Claessens, 1797.

348 — La même pièce, lith. par Mouilleron.

349 — La Ronde de nuit. Belle pièce in-fol. en largeur, gravée à l'eau-forte par Léop. Flameng.

350 — Copie de la pièce aux Cent Florins, gravée à l'eau-forte par L. Flameng.

Belle épreuve.

351 — Jésus bénissant les enfants, — Femme au bain, — Le Doreur de Rembrandt, et deux autres portraits. Cinq pièces gravées par Flameng. — Portrait de Rembrandt, gravé par Jacquemart. Ensemble six pièces.

352 — Gravures d'après Rembrandt ou d'après des artistes de son école. Quarante pièces.

RIDINGER (J.-E.)

353 — Deux pièces gr. in-fol. gravées à la manière noire, contenant chacune un grand sujet central et une bordure garnie de médaillons ovales; le sujet central de la première pièce représente une ronde macabre de femmes dans un cimetière, et les douze médaillons une danse des morts. — Les dix médaillons de la seconde pièce représentent la succession des différents âges de la vie humaine aboutissant à la mort, qui occupe le tableau central.

Pièces rares décrites et reproduites dans l'ouvrage de Langlois sur les Danses des Morts.

ROCHEBRUNE (O. DE)

354 — Vue générale des constructions du château de Chambord. Côté de l'Orient. Belle eau-forte in-fol. en largeur.

SADELER (JEAN)

355 — Sig. Feyrabend, imprimeur, 1587. In-4.

SANTERRE (d'après)

356 — Suzanne au bain; gravé par Porporati. In-fol. en hauteur.

SCHMIDT (G.-F.)

357 — Portrait de Rembrandt dans sa jeunesse, d'après Rembrandt, 1634; gravé par Schmidt, 1771 (de Cl. 1). In-4.

Belle épreuve avec de la marge.

358 — Saint Pierre repentant, d'après F. Bol (6), — Loth et ses filles, d'après Rembrandt (9). Deux pièces, l'une in-4, l'autre in-fol.

Belles épreuves.

359 — Buste de jeune homme aux trois moustaches (13), — Vieillard à moustaches, vu de profil (27). Deux pièces in-4, d'après Rembrandt.

360 — La Princesse d'Orange, 1767 (16). Belle pièce in-4.

Très belle épreuve avec marges.

SCHMIDT (G.-F.)

361 — Portrait de Madame Schmidt, 1761 (33). In-fol.
Belle épreuve.

362 — Portrait de Madame Schmidt en couseuse, 1753 (34), Petit in-4.

363 — Le Portrait du juif Hirsch Michel, 1762 (36). In-4.
Très belle épreuve du premier état avec la lettre.

364 — La Présentation au temple, d'après Diétrich, 1769 (47), In-fol. en largeur.
Très belle épreuve sans marges.

365 — Tête de vieillard, de profil, à moustaches et barbe au menton, 1750 (55), — Homme à barbe et bonnet fourré, orné de plumes (57), — Buste d'homme à tête nue, vu de face. Ensemble trois pièces in-8 et in-4.

STRANGE (R.)

366 — Vénus, d'après le tableau du Titien, 1768. In-fol. en largeur.

STUBER (WOLF)

367 — Portrait de Martin Luther (B. t. 9, p. 574). In-4.

SUMMER (ANDRÉ)

368 — Vénus, 1568. Petite pièce en hauteur, marquée du monogramme A. S. G.

TROSCHEL (PIERRE)

369 — Marguerite Ammon. Portrait in-4.

VELDE (JEAN VAN DE)

370 — L'Étoile des Mages, — La Danse du mardi gras devant une maison, deux états avant, et avec l'adresse de Visscher. Ensemble trois pièces in-fol.

371 — Les Quatre heures du jour. Quatre pièces en largeur. — La Nuit, — Le Feu, etc. Ensemble dix pièces.

VELDE (Jean van de)

372 — Les Mois. Frontispice et onze planches au lieu de douze (le mois de septembre manque).

373 — Théâtre de la débauche, 1633. Suite de dix-huit pièces in-4, y compris le titre.

Belles épreuves avec marges.

VERMEULEN

374 — Marie-Louise de Tassis, debout, d'après Van Dyck. In-fol.

VICO (Énée)

375 — Tarquin et Lucrèce (B. 208), d'après Raphaël. Pièce in-fol. en largeur.

VIGNETTES

376 — Frontispices et Vignettes extraites d'ouvrages des seizième et dix-septième siècles. Cent vingt-cinq pièces.

377 — Suite de quarante-six figures, d'après Holbein, pour l'Éloge de la Folie.

378 — Figures pour Roland Furieux, d'Arioste et pour la Mythologie. *Lyon*, *Frélon*, 1604. Trente-sept pièces.

379 — Vignettes et Costumes provenant d'ouvrages allemands ou hollandais. Quatre-vingt-dix pièces.

380 — Suite de sept figures gravées par Flipart et Sornique, d'après Cochin fils, pour les œuvres de Piron, 1758.

381 — Suite de un portrait, trois frontispices et quatorze figures gravées par de Launay, de Ghendt et autres, pour les œuvres de Gessner, 1778.

382 — Suite de quarante-deux figures pour les œuvres de Shakespeare, édition de Londres, 1785.

383 — Vignettes du dix-huitième siècle : pour Daphnis et Chloé, Manon Lescaut, Héloïse et Abeilard, Narcisse, le Jugement de Pâris, les Métamorphoses d'Ovide, les Saisons, etc.; ensemble cinquante pièces.

VIGNETTES

384 — Vignettes du dix-huitième siècle : pour Don Quichotte, le Diable Boiteux, les Voyages de Gulliver, le Mariage de Figaro; quarante pièces.

385 — Vignettes pour Paul et Virginie, la Chaumière indienne; sept suites pour les éditions de **1789, 1795, 1828, 1839** et autres; ensemble soixante-dix pièces.

386 — Vignettes pour les Contes de La Fontaine. Quatre-vingt-cinq pièces.

387 — Vignettes du dix-huitième siècle. Quatre-vingt-cinq pièces.

388 — Vignettes du dix-neuvième siècle : pour les Contes de La Fontaine, 1820, le Mémorial de l'Amour, Don Quichotte, Manon Lescaut, etc. Deux cent vingt pièces.

VLIET (J.-G. VAN)

389 — Résurrection de Lazare (de Cl., 4). In-fol. en hauteur.

390 — Buste d'homme riant (21), — Buste de vieillard (23), — Buste d'un oriental (24). Trois pièces in-4 d'après Rembrandt.

391 — L'Odorat (29), — Le Charpentier (36), — Les Joueurs de cartes (51), — Les Joueurs de trictrac (54). Quatre pièces in-4.

392 — Le Vendeur de mort-aux-rats (55), — La Famille (56). Deux pièces in-4.

393 — Différents gueux ou mendiants (73-82). Huit petites pièces d'une suite de dix estampes (trois exemplaires).

WOEIRIOT (PIERRE)

394 — Barthélemi Aneau, poète (R. D. 273), — Jacques Bournon, jurisconsulte (276). Deux portraits in-8.

Belles épreuves, celle du second portrait est du premier état.

ZATZINGER (MARTIN)

395 — La Décollation de sainte Catherine (B. 8). In-fol. en hauteur.

396 — Sainte Ursule (B. 10). In-8 en hauteur.

397 — Le Mari subjugué par sa femme (B. 18). In-4.
Belle épreuve.

398 — La Lumière et les Ténèbres, 1500 (B. 21). In-4 en hauteur.

ESTAMPES

SUR LA MORT, LE JUGEMENT DERNIER, L'ENFER

399 — Remarquable collection de plus de sept cents gravures anciennes et modernes, principalement des seizième et dix-septième siècles, sur les danses des morts, les images de la mort, les supplices, etc. Attributs, emblèmes, armoiries de la mort, têtes de mort, squelettes, etc. ; le tout réuni en quatre portefeuilles.

400 — Dessins, aquarelles, peintures sur vélin et miniatures représentant des sujets relatifs à la mort. Vingt-quatre pièces parmi lesquelles on remarque un joli dessin à la sanguine sur vélin, daté 1636, et deux curieux dessins au lavis : le Concert et les Funérailles des squelettes.

401 — Gravures extraites de l'ouvrage intitulé : *Theatrum Mortis Humanæ*. Cent cinq pièces. — Gravures extraites d'une danse des morts. Soixante-trois pièces. Ensemble cent soixante-huit pièces montées sur papier vélin.

402 — Gravures anciennes sur la résurrection des morts et le Jugement dernier. Trente pièces par D. Hopfer, van den Broeck, Math. Kager, Vorsterman, Galle, L. Gaultier, etc.

403 — La Tentation de Saint Antoine. Vingt-quatre pièces d'après Martin Schongauer, Téniers, Goltzius, Blooteling, Le Bas, Cochin, etc.

ESTAMPES

404 — Six dessins anciens représentant le Jugement dernier, la Tentation de Saint Antoine, différents diables, etc.

405 — Gravures relatives au diable, au sabbat, aux sorciers et à l'enfer. Quatre-vingts pièces anciennes et modernes.

406 — Dessins et estampes sur le dragon. Cinquante pièces gravées et quinze croquis au crayon par le baron de Vèze.

407 — Les Diables de lithographies ! par Le Poitevin. *Paris et Londres*, s. d. Suite de quatorze pièces in-fol. en largeur, avec la couverture.

408 — Les portefeuilles de la collection.

FIN

Made at Dunstable, United Kingdom
2022-02-13
http://www.print-info.eu/

76711503R00029